AF441205

VERSUS
Y OTROS CUENTOS

Mynor Haroldo Escobar Espinoza

VERSUS
Y OTROS CUENTOS

© 2020
**Mynor Haroldo
Escobar Espinoza**

Todos los derechos reservados. Ninguna parte de esta publicación puede ser reproducida, almacenada en un sistema de recuperación o transmitida, en cualquier forma o por cualquier medio, electrónico, mecánico, fotocopiado, grabación o de otro modo, sin el permiso del editor o autor.

Edición, Diseño gráfico e Ilustraciones:
Mynor haroldo Escobar Espinoza
mynorescobarart@gmail.com
www.mynorescobar.com

"Este libro está dedicado a mis padres **José Alfredo** y **Zulma Lilí** con amor eterno.

A **Rodmy** y **Avalesca** mis increibles hermanos por estar siempre ahí.

Y a mis tres amados hijos **Alessandra Susibeth**, **Dulce Camila** y **Rodrigo Haroldo** mis mejores obras de arte, en mi recorrido por la vida.

INDICE

PRÓLOGO

Carlos Molina
Ciudad de Guatemala,

Artista y Promotor Cultural guatemalteco, es Licenciado en Artes Visuales por la Universidad de San Carlos de Guatemala, se ha vinculado al desarrollo social y reivindicación del movimiento del arte guatemalteco a través del Sindicato Nacional Toral de Artistas Plasticos -SINTAP- en donde funge como Secretario General.

(...) Cotidianidad versus ayer

A modo de relator de incidencias, **Mynor Escobar** nos sumerge en la vida de cualesquier ser vivo que deambule en cualquier ámbito de la sociedad humana, manifestándose cuasi inmanente, al acariciar incertidumbres y quimeras desde los vaivenes de la misma vida.

De igual omnipresencia, Escobar nos hace participes de sus relatos, sintiéndonos protagonistas de las incidencias que de alguna manera se asemejan a las particulares vivencias de cualquier ser humano en este mundo universalizado.

Relatos que surgen de némesis ya sean personales o no, para trastocarse en la solidaria aventura del sentir vivir como lectores, parecidas circunstancias o asomos de realidad experimentada, la cual en el transcurso de la lectura de estos cuentos, el autor nos hace cómplices de su prolífera imaginación, al no permitirnos parar de dejar de absorber los relatos narrados en este libro con su particular estilo.

Escobar en este libro logra hacernos incurrir en asociar su lenguaje narrativo, con las vividas experiencias que como lectores, en cada página nos hará volar por los senderos de la imaginación. (...)

Carlos Molina

INTRODUCCIÓN

esde niño siempre estuve fascinado por la lectura. Recuerdo en la escuela estar siempre sentado atrás, en la última fila de pupitres, poniendo atención a la clase, pero a la vez absorto leyendo algún libro y dibujando en mis cuadernos a los personajes que mi fértil imaginación de niño graficaba según las narraciones literarias. Por esa pasión en más de alguna ocasión fui amonestado por la Maestra quien creía que no ponía esmero en la clase, al no comprender mi temprana fascinación por los libros. Amor que fue inculcado por mi madre que desde muy pequeño me leía cuentos a la vez que me enseñaba a leer.

Fue así que con el paso del tiempo comencé a cultivar la idea de escribir mis propias historias, logrando alcanzar el sueño en el 2001, año en el que pensé daría a luz mi primer trabajo literario, pero culminarlo fue toda una historia, que bien podría ser otro título dentro del índice de esta obra, ya que el primer borrador con algunos cuentos aquí publicados, me lo robaron a punta de pistola. Fui víctima de un asalto a plena luz del día, hurto donde los maleantes se llevaron mi mochila y con ella, mi primer intento de publicar mi trabajo literario.

Con el pasar de los años fui recordando y re escribiendo los cuentos que perdí en ese atraco y casi 20 años después, en el 2020 durante el resguardo por la pandemia global, aproveche el tiempo para retomar esta parte de mi vida, que junto a la pintura son mi pasión. Logrando por fin finalizar esta obra, en la cual el prólogo fue escrito por mi ilustre amigo, **Carlos Molina**, a quien agradezco el honor de brindarme su excelsa pluma en este esfuerzo literario.

A la vez agradezco a **Caro Vásquez Galicia, Ana Lucrecia Vélez Palacios, Margaret Joan Millett** y a mi Tía abuela materna **Mirian Leticia Espinoza Martínez**, quienes me brindaron temas que incentivaron mi imaginación y me sirvieron de inspiración.

Ahora para finalizar amigo lector, permítame decirle que al comenzar a leer estos relatos y conforme usted se sumerja en ellos, irá descubriendo singulares personajes, que le parecerá que los conoce desde siempre, que son parte de su cotidianidad y de su deambular diario por la vida.

Vera que cada personaje tiene su propia personalidad y que cada historia con la globalización, puede identificarse con la vivencia personal de más de alguien, de aquí a la China o con usted mismo.

Mynor Escobar

1

VERSUS

Señor, señora, señorita, si su marido, su mujer, su novio o novia anda quemándole la canilla, si la mala suerte lo acompaña, si le hicieron mal de ojo, Heeeermana Betzabe y Maestro Diego Joaoooo, Hechicera y Brujo Chaman, son los especialistas en amarres de amor. Descubra lo que los astros tienen destinado para usted. Heeeermana Betzabe y Maestro Diego Joaoooo. Sepa su destino a través del Tarot. Magia negra, magia blanca, hechizos de amor, amarres de amor, rituales de amor, todo lo que usted necesita para atraer a su ser amado o la buena suerte. Encantamientos y embrujos preparados con esencias místicas y hierbas sagradas. Llame ahora, Hermanaaa Betzabe y Maestro Diego Joaoooooo...

El estruendo de los metales al chocar fue tan espectacular que hizo que Doña Queta le bajara el volumen al radiorreceptor que transmitía su programa radial matutino con tal de tratar de descifrar que pasaba en la calle, ya que el peculiar silencio de las habituales mañanas en la cuadra, al que ya estaba acostumbrada desde hacía 35 años, se había roto. El alboroto en el exterior era diferente al ruido escandaloso que hacían los vecinos de la casa crema marcada con el número 2 -16 cuando gritaba y sacaba de la casa Doña Amarilis a su marido quien de vez en vez llegaba pasado de copas.

Doña Queta se apresuro a caminar hacia la puerta de su casa, no sin antes apagar la radio y la hornilla de la estufa donde calentaba café, porque se acercaba la hora de tomarlo acompañado de champurradas en el típico refrigerio chapín de media mañana. Como ella otros vecinos poco a poco comenzaron a emerger por sus ventanas, dejando sus actividades cotidianas por un lado para investigar que había ocurrido, entretanto otros más curiosos y aventureros ya habían salido frente a la acera de sus casas para ver mejor lo sucedido.

Minutos antes el sonido del impacto de las dos carrocerías y el rechinar de las llantas buscando frenar fue escandaloso y aunque el conductor del viejo automóvil color blanco intento esquivar al vehículo deportivo color negro policromado de último modelo, realmente no pudo hacer nada para evitar estrellarlo de costado ya que el otro automotor intempestivamente había salido de la nada a mitad de la calle.

Antonia Trinidad alias "La Britney" fue la primera en salir al escuchar el estruendo, salió como alma que se lleva el diablo al portón de la calle que daba paso al estacionamiento de la lujosa residencia de muros de ladrillos de barro cocido marcada con el número 2-69.

Sin pudor y únicamente ataviada con una bata corta que permitía apreciar su escultural cuerpo de Venus veinteañera, al ver lo sucedido comenzó a dar de gritos llamando a las demás damiselas que se encontraban dentro de la residencia y que como ella laboraban en el discreto lupanar privado ubicado en esa calle, de donde minutos antes había salido su ilustre y selecto cliente, el Diputado Bernal de la Fuente.

Máximo Eulogio se comenzó a palpar para saber si no estaba con alguna lesión, se vio en el espejo retrovisor el cual reflejo sus ojos rasgados color negro y parte de su cabello lacio de cerdas gruesas encanecido por el paso de los años cortado al estilo militar. Esbozo una mueca con su boca para ver como se encontraba su dentadura, en donde sobresalían tres dientes de oro frontales, que cuando él sonreía, eran lo primero que destacaba en su rostro redondo de nariz aguileña.

Mientras se auto observaba pudo ver un pequeño hilo de sangre que comenzó a verter de su frente, producto del impacto al rebotar su cabeza contra el timón por el impulso del choque. Bajó la mirada buscando su reloj y este marcaba las 10 de la mañana en punto, ni un segundo más, ni un segundo menos.

Bernal de la Fuente, como pudo se quito las bolsas de aire, que por el impacto, lo habían envuelto y protegido del golpe. Estaba ileso. La puerta del lado del copiloto estaba totalmente destruida y desde ese espacio abierto pudo ver quien había osado chocar su automóvil negro policromado de último modelo.

Del portavasos a su costado, que no estaba dañado, agarro el vaso de whisky etiqueta azul de la botella que había venido degustando desde la noche anterior, se lo llevo a la boca, hizo un par de buches y se lo bebió mientras miraba su rostro reflejado en la cámara de su teléfono de última tecnología que solo sabia usar para hacer y recibir llamadas o filmarse en vídeos íntimos con las veinteañeras que eran su delirio. Cortesanas que lo apodaban en los antros de sus andanzas nocturnas "el metrosexual".

De la Fuente se acomodo su bigote blanco y negro, se calzo sus lentes de aviador que le había traído su esposa del último viaje que tuvo a Miami. Lugar a donde ella llegó a aplicarse su nueva dosis de botox con un cirujano plástico que le había recomendado su comadre, así como a depositar en sus cuentas monetarias, aprovechando su pasaporte y el portafolio diplomático, un millón de dólares, producto de las buenas relaciones que él mantenía con los círculos empresariales a los que apoyaba con su manejo de tráfico de influencias. Por algo ya llevaba años en el Congreso como Diputado y de ser el Sátrapa preferido de los gobernantes de turno.

De la Fuente subió su mano hasta la altura de sus ojos y mientras se acomodaba los lentes, se dijo para sí mismo. "Hoy si se lo cargo la gran puta a ese cerote, le voy a cobrar hasta el modo de andar y le voy a sacar carro nuevo, no por algo soy un prestigioso " Diputado oficialista".

Máximo Eulogio fue el primero en salir de su automóvil, como pudo saco fuerzas para empujar la portezuela de su auto que parecía acordeón, se libero del cinturón de seguridad que en más de algo lo había protegido y salió de su auto, aún aturdido. Ya afuera se alejo unos metros para poder observar el estado en que se encontraba su viejo automóvil y pudo apreciar que su amigo de mil batallas, su auto blanco que lo había acompañado en su viaje por la vida por más de 35 años había quedado inservible. Mejor le hubiera hecho caso a mi hijo y se lo hubiera vendido al gringo que insistía en comprármelo, porque decía que le recordaba al automóvil en donde viajaba con su papá de niño en las carreteras de Carolina del Norte, se dijo a sí mismo. Mientras divagaba abstraído en sus lamentaciones, su sombra se reflejaba en el asfalto de la calle, acuerpando intimimamente su encuentro con el destino.

Máximo Eulogio no era muy alto, un metro sesenta había registrado el Secretario de la Municipalidad de Patzicía en Chimaltenango el año que cumplió 18 años en 1964. De cuerpo rollizo y salud de roble, siempre vestía pulcro, manteniendo sus zapatos de cuero negros bien lustrados, calzado que aunque no era nuevo, por el cuidado y esmero que mantenía para pulirlos habitualmente cada día a las 5 de la mañana, reflejaban como espejos en ese momento, el resplandor del sol mañanero.

Bernal de la Fuente, comenzó a reaccionar después del susto. El sobrepeso que tenia a sus 60 años. Los niveles altos de azúcar más la hipertensión comenzaron a hacer efecto.Comenzó a sudar copiosamente, entonces busco en su mariconera sus pastillas para la presión alta, metió la mano y dentro de ese bolso de fina marroquinería de cuero de becerro que tenía estampado al frente el nombre "Bernie" que era como lo llamaban en su casa. Siguió insistentemente buscando con sus ojos color verde sus pastillas, pero solo lograban ver frascos de viagra, dólares, tarjetas de presentación grabadas con el logotipo color dorado del Congreso de la República y su Colt 45 bañada en oro, regalo de un amigo narco colombiano. Su estrés por no lograr encontrar el medicamento lo comenzó a exasperar, removió todo hasta que por fin al fondo del bolso de mano las encontró, rápidamente saco una y pensó, por el susto mejor me tomó dos, así que dicho y hecho en un santiamén se las llevo a la boca tragándoselas en seco, mientras cerraba los ojos exhalando un suspiro de tranquilidad. Al abrir los ojos retorno a la realidad, dejo caer el frasco de nuevo en la mariconera, pero antes de cerrarla tomo el arma, se la acomodo en la cintura para disponerse a salir del automóvil, no sin antes echar pestes por haber dejado a sus guardaespaldas en su casa la noche anterior, para despistar a su mujer que lo celaba con "La Britney".

Máximo Eulogio parado en medio de la calle comenzó a observar el entorno motivado por los murmullos y voces que de diestra a siniestra atiborraban su alrededor, después de todo era una vía pública en donde los vecinos ya estaban acomodados en sus mejores lugares, viendo el desarrollo del espectáculo, algunos habían sacado sillas para estar más cómodos, otros estaban en las terrazas de sus casas, los más jóvenes grababan todo con sus teléfonos celulares, la anciana del 2-99 había dejado por un lado la telenovela que veía por centésima vez y parada hasta adelante del grupo de mirones tenía desplegada su sombrilla multicolor de tiempos de Tata Lapo para protegerse del sol.

Una mujer vestida con tacones altos y un gorro azul y blanco no dejaba de hablar en voz alta narrando con lujo de detalles el evento a su comadre por el teléfono celular, un gato ronroneaba buscando los brazos de su dueña para que lo abrigara y los perros en las casas ladraban como pidiendo a sus dueños que también los dejaran salir a ver.

El show estaba iniciado....

Bernal de la Fuente salió del automóvil y al hacerlo hubo un silencio total en la cuadra donde todos los vecinos perplejos vieron y más de alguno se restregó los ojos, al ver que con mucho esfuerzo, se iba desparramando por la puerta del lado del piloto del vehículo deportivo color negro policromado de último modelo, una enorme masa que al tocar el pavimento más parecía que rebotaría en lugar de caminar.

De la Fuente al ver al eminente público se acomodo la camisa dentro del pantalón y el saco color negro tipo "El Chaqué" que había utilizado el día anterior en una actividad protocolaria y que seguía vistiendo porque quiso la noche anterior lucírselo a La Britney - genio y figura hasta la sepultura-, se dijo, al ver que a parte de los mirones, también en el portón del lupanar seguía sus movimientos, su nueva conquista en dólares La Britney, arremolinada con las otras damiselas del "Santa Pupusa" y él sintiéndose metrosexual por sus ojos color verde dólar, dio el primer paso para acercarse a su casual rival.

Una ráfaga de suave viento acaricio el rostro de Máximo Eulogio y sobre esa brisa llegó una mariposa negra, una enorme papalote, apareció de la nada, voló y zigzagueo, danzando en el aire hasta llegar alrededor de Máximo Eulogio y luego de dibujar en el firmamento icónicos dibujos que él supo interpretar, se poso sobre su automóvil y muy dentro de su alma como un suspiro salió de su boca un suave murmullo como cántico ancestral "ojer tzij, ojer tzij, ojer tzij", "agüizote", "mal agüero" exclamó.

Los dos rivales que su encuentro ya había predestinado el destino para esa mañana, estaban frente a frente, Bernal de la Fuente ovacionado por las damas del "Santa Pupusa" se sentía envalentonado. Con su peculiar marcha en estepaje que lo hacía al caminar levantar las piernas más alto de lo normal, se fue acercando a Máximo Eulogio quien muy solemne y con su habitual calma veía aproximarse a De la Fuente.

El tiempo se congelo en ese instante, el trinar de los pájaros que saltando de rama en rama sobre las buganvilias que adornaban la calle hasta llegar a la avenida principal se quedo silente, el mutismo en el ambiente hablaba por sí solo.

Hijo de puta, espeto De la Fuente, donde cargas metidos los ojos que no viste que estaba saliendo con mi automóvil, agradece que estoy ileso, porque si no, nada te salva de un tu buen tiempo bajo la sombra, porque conductores como vos en el bote deberían de estar y si no sabes quién soy, te lo digo ahorita pedacito de mierda, soy el Diputado Bernal De la Fuente, Vice Presidente del Congreso de la República y ojalá tengas como pagarme la reparación de mi carro cerote, termino gritando con más brusquedad con tal de demostrar cuan poderoso era y para presumirle a la Britney, que no dejaba de seguir todo el evento ubicada bajo el umbral del portón del lupanar.

Mira Diputado, el que salió despotricado en medio de la calle fuiste vos, yo venía manejando en paz de Dios y si se quien sos, porque salís en los periódicos y por lo mismo todo mundo sabe "a que mañas te dedicas". Expreso Máximo al final de su corta introducción, con un tono de sarcasmo, voz autoritaria y enojo.

A bueno pisadito, entonces si me conoces, pero yo a vos no, entonces su majestad podría tener la decencia de presentarse conmigo, expreso De la fuente en tono de burla la cual remato con una sonrisa sarcástica.

Mira Papaíto, no le busques tres pies al gato, porque muy Diputado podes ser pero no sabes con quien te estás metiendo, me llamo Máximo Eulogio y para tu conocimiento "soy brujo".

Al escuchar esto último que había expresado Máximo, la sonrisa sarcástica que aún tenía bosquejada en la boca De la Fuente se convirtió en una sonora carcajada que contagio a algunos de los mirones que se habían acercado más de la cuenta para ver y escuchar mejor el espectáculo, mientras que otros al escuchar que era brujo se hicieron la señal de la cruz.

Puta, así que sos Brujo le recrimino burlonamente el Diputado De la Fuente a Máximo, entonces sábete mijito que yo soy el mero tatascán del infierno, así que vos y todos los brujos, hechiceros, chamanes, adivinos y cuanto cerote me salga con esas babosadas me hacen los mandados y vos brujito de mierda, mejor comenzá a ver como haces magia negra, blanca, verde, morada o de el color que se te de la puta gana para mirar de donde sacas pisto para pagarme la reparación del carro.

Al escuchar los insultos al oficio que profesaba heredado por sus ancestros, Máximo sin perder la compostura y con vos enérgica le imputó a De la Fuente un fuerte "sho cerote", respétame y tenemé miedo, porque muy diputadito o lo se te ocurra decir que sos, pero si me seguís chingando "te voy a zampar un sapo en esa panza que te cuelga".

Ese comentario para De la Fuente, el metrosexual de los mejores lupanares y casas de citas de la ciudad, lo encolerizo y lo hizo cambiar de blanco a rojo al ver que la Britney y sus amigas se desternillaban de la risa por el comentario que había hecho Máximo sobre su abultado vientre

Que dijiste cerote, exaspero encolerizado De la Fuente, quien herido en lo más profundo de su machismo y ego había tomado la pistola de su cintura, con la cual apunto a Máximo, quien sin acobardarse le volvió a decir con temeridad y vos más fuerte, te digo diputadito, "que me tengas miedo porque te voy a zampar un sapo en esa panza que te cuelga, cerote".

El efecto de la bala que detono De la Fuente desde su Colt 45 bañada en oro fue fulminante, el proyectil le dio directamente a Máximo. Entro por el pecho haciendo una curva que llegó a su corazón, para salir por el pulmón izquierdo y terminar su recorrido de destrucción sobre el viejo automóvil color blanco, que al ser impactado por el disparo, hizo que la papalote negra se levantara en vuelo, dibujando en el aire una danza que hablaba de injusticia e impunidad, para seguir su recorrido de nuevo al averno.

Ojer tzij fue la último palabra de Máximo Eulogio, quien murió casi instantáneamente.

Esa tarde y noche su deceso fue la comidilla de los noticieros y los periódicos al día siguiente calzaban en primera plana, en grandes titulares: "Diputado Bernal de la Fuente frustra intento de secuestro y mata a uno de los delincuentes".

Desde ese día De la Fuente cada vez que va al baño a cagar, le croa el culo.

El Insuperable

Las seis de la mañana, la misma hora, la misma rutina, el mismo tráfico en el centro de la ciudad, el día se entrevé más pesado de lo habitual, -camino-, lo hago con ese andar rápido que me caracteriza. Llego al fin a mi destino y ahí está como siempre Doña Mela, en la misma esquina, a un costado del guacamolón, vestida con su típico delantal que usualmente combina con sus chapas de colorete cuasi fluorescente. Cualquiera al verla diría que es la hermana gemela de la Pirulina, con la diferencia del cabello color rojo, peinado con esa habitual cola de caballo y su cuerpo regordete, siempre ensartado en su minifalda ochentera que le resalta esas piernas "peor es nada". Hoy como siempre aquí esta ella, toda una mujer madrugadora trabajando en la misma esquina desde tiempos de Tata Lapo, por algo le dicen las locatarias del sector Doña Araucaria.

Buenos días Doña Mela —le dije-, saludo que ella correspondió con un alegre, buenos días patojo, el cual exclamo con esa voz chillona y acento a guanaca que la caracterizaba. Hoy que va a quererrrr, me pregunto arrastrando la "r", al tiempo que mi cerebro enviaba a mi paladar esa deliciosa sensación que posteriormente se concentraba entre mis piernas llenándome de placer, por lo que en automático, sin titubear conteste: el clásico para mojar el chequelin Doña Mela, deme un "insuperable".

Al oírlo Doña Mela me echo una mirada picara, se remojo los labios y exclamo, -claro patojo- como es fin de mes y ya pagaron, hay que darle vuelo a la hilacha, mientras se volteaba sugestivamente y me dejaba ver un poco más de lo moralmente permitido, sus piernas "peor es nada", al tiempo que me guiñaba el ojo y con una sonrisa pícara que enmarcaba todo su rostro, en el cual, cada pliegue contaba su ardua vida, se resaltaba más con el rojo carmín de sus labios, comentario que remato con un calenturiento, "solo porque estoy en horario de oficina, si no se iba shuco patojo chulo y le quitaba lo mish", mientras en el fondo,

enmarcando la escena con un toque surrealista de película al estilo de Buñuel, se escuchaba en la radio que tenía amarrada a la pata de la mesa, 40 y 20 de Chepe Chepe. Así que como buena comerciante, ni lenta, ni perezosa ante mi pedido, que significaban lenes para Doña Mela, comenzó a preparar el elixir levanta muertos que le solicite.

Tuuuuuuttttttttttttttttttt, sonó la bocina de un carro que paso como alma que se lleva el diablo e hizo temblar la mesa con la cristalería del puesto callejero, –puta, esos cerotes ya no respetan-, exacerbo, mientras picaba una cebolla morada, en tanto yo ansiaba que terminara al chilazo mi bebida "levanta muertos" y algo más. Grande o extra grande mish, me pregunto, promedio razoné, mientras sentía su mirada lujuriosa entre mi entrepierna. Está caliente la Doñita pensé mientras le respondía a su pregunta. Deme un extra grande porfa Señito y no olvide echarle su ganancia. Con lo cual ella muy coqueta me respondió con un guiño de ojo y volteándose hacia la canasta donde tenía la cristalería, tomo seximente la copa extra grande, a la cual comenzó a agregar los ingredientes cuasi milagrosos de la bebida que el género masculino que asiduamente la visitaban en romería, solicitaban cada día de pago.

Pese al bullicio de la calle, al verla trabajar me embelese viendo como preparaba con mágica precisión mi ansiada bebida, mientras mi corazón empezaba a latir a 1,000 por hora. Doña Mela inicio su mágico ritual. Primero hecho un mil pedacitos de cebolla picada, ni uno más, ni uno menos. Siete cabezas de ajo machacadas, un poco de sal, pimienta y una cucharadita de ginseng con tumaca. Ella muy concentrada en su trabajo, como toda una profesional, al escuchar el parloteo de sus clientes que comenzaron a rodear su puesto, refinadamente les grito, "sho cerotes" no ven que estoy trabajando, me desconcentran, a tiempo que respingaba su trasero marca J-Lo y un osado le echaba un lívido silbido viril y otro exclamaba en voz alta, perdido entre la multitud, Mela I love you…

La rutina continúo y ella debajo de su improvisada mesa de trabajo saco una caja en donde guardada meticulosamente como si fuera un tesoro invaluable los jugos de vegetales. Ella tomo uno, el cual destapo con un sonoro clic de ultratumba para posterior e inmediatamente verterlo en la copa. Solo el simple hecho de estar viendo ese hechizante proceso me hizo segregar saliva en grandes cantidades. Hasta parecía que estaba de goma.

El procedimiento siguió, la insigne sacerdotisa del elixir levanta muertos, tomo de una canasta plástica color rojo donde guardaba los cubiertos, una cuchara y la metió dentro de la copa, removiendo hasta ese momento los primeros ingredientes. Levanto los brazos, de una bolsa que colgaba amarrada a la sombrilla de playa que la cubría día a día del sol mañanero, saco un par de huevos de parlama, los que tomo, colocando uno en cada una de sus manos, mientras me miraba de reojo un poco más abajo del ombligo, como tanteándome, para exhalar después un suspiro marca terminator.

Doña Mela, prosiguió con su ritual, se agacho para seguir entusiasmando a sus fans, porque aun levantaba polvo entre algunos de sus cliente-admiradores, de plano andaba de hormonas activas, porque no dejaba de enseñarme por cualquier motivo sus piernas peor es nada, parecía que hoy se sentía una modelo de la Play Boy, porque solo poses de revista era. Nuevamente se agacho para sacar de debajo de la mesa un cofre, que aunque parecía de vidrio brillante, era de plástico, de esos utensilios chinos que venden en el Mercado del Guarda, pero por lo bien cuidado que lo tenía la Señito, parecía cristalería fina de Lismore recién desempacadita, lo abrió, casi sentí que por la luz de la mañana lanzaba destellos mientras poco a poco levantaba la tapa del cofre y mi autosugestión me hacía ver a Doña Mela como una diabla ensartada en minifalda roja con cachos y cola preparando la pócima para ganarse las almas de sus parroquianos.

Estando sumergido en mí alucine, en un instante nuestros ojos se encontraron y pude ver como brillaban de lujuria, lo que me hizo reflexionar, de plano el cofre si lo saco del mismito infierno.

El tiempo sentía que no pasaba, era como si se hubiera detenido en esa esquina, parecía que estábamos en otra dimensión, espacio en el universo en el que únicamente Doña Mela y yo existíamos y que no había ninguna oración que me salvara, pese a que yo era de la Iglesia de los Creyentes Poli dogmáticos. Una tos de chucho me hizo regresar a la realidad, era Doña Mela que ya con tantos años de fumar quien sabe Dios, tosía como chucha. La Mota me dije, mientras reí, recordando a mi abuelo que me decía, el que se ríe solo de sus mañas se acuerda mijo.

Los dedos regordetes y tuncos de las manos morenas de la sacerdotisa del "insuperable" sacaron un pequeño recipiente del cofre, empujo la tapa, apretó los extremos y la giro. Por un momento sentí que era mi frasco del Pepto, el de las gomas sabatinas.

Mi expectación se congelo por un instante al observar que al abrir el envase de vidrio, extrajo una pastilla de color azul, era el ingrediente secreto por el cual pagaban unos lenes más sus clientes, a quienes no les importaba esperar lo que fuera con tal de beberse su insuperable.

Doña Mela apresuradamente coloco la pastillita en la piedra de moler que tenia junto al extractor manual de jugo de naranja, que había sido el artífice de esos brazasos de atolera que se echaba y que eran la envidia de todo trailero, porque en verdad que buen ñeque tenía, eran ñeques de campeona, perfectos para ganarle un pulso a Popeye sin mucho esfuerzo.

El insuperable ya casi estaba listo, la sacerdotisa de los bartender urbanos, agregó a la copa que ya contenía todos sus componentes el toque mágico, el polvo levanta muertos y se dispuso a exclamar para cerrar con broche de oro su popular conjuro que era famoso entre sus clientes, que lo repetían en sus mentes o murmuraban al tiempo que ella lo recitaba.

Doña Mela elevo una mirada al cielo, no sin antes persignarse y levantar sus brazos, dejando ver sus afelpadas axilas para exclamar: "¡Ohh! polvo de los buenos polvos, que la paloma que te lleve, acoja por largo tiempo un recinto placentero y que donde se meta, entre y salga felizmente bien acogida, amén".

Dicho y hecho Doña Mela tomo la copa y me la entrego ceremoniosamente y como en un litúrgico ritual, la recibí, mientras los otros clientes que hacían cola en espera de su pócima, hacían silencio como señal de respeto y solemnidad al momento.

Una hora después, perdido por las pensiones de paso ubicadas en los alrededores del Cerrito del Carmen, bien acompañado de una fulana, el polvo que me eche fue "insuperable".

3

La Pianista

Minuto 001

Lo primero que recuerdo de ella son sus ojos de gacela color marrón avellanado que el rayo de luz que los iluminaba en ese momento, los hacía verse indefinibles, misteriosos, fantásticos, maravillosos. El maquillaje que los matizaba era muy simple, una línea firme de delineador negro, y rímel en sus pestañas. Eran los ojos que toda una vida busque y deseaba encontrar, pero esta mañana, el destino, siempre perfecto e impredecible los había puesto por fin frente a mí, ahí estaban, eran los ojos de diva, eternamente por mi ansiados, que esa mañana a primera vista me enamoraron y con esa mirada tan única se me clavaron en el alma, para siempre... Buen día… me dijo, y con ese saludo tan breve, mi vida dio un giro de 180 grados a partir de ese instante. Un amigo en común, con quien habíamos coincidido en el momento y lugar preciso, dentro del complejo universitario donde laborábamos como docentes cada mañana hizo la presentación formal, que Cupido con su flecha dorada, posteriormente terminaría rematando. Maestro exclamo, haciendo alusión a mi profesión de Artista Visual, le presento a nuestra excelsa Maestra de Piano.

Minuto 010

Vi su sonrisa, mi corazón latió con más fuerza y un escalofrió recorrió mi alma. Cupido había iniciado labores.

Minuto 86,400

Habían pasado ya dos meses desde que nos conocimos y cada día que transcurría, sentía la necesidad de querer pasar el resto de mi vida junto a ella, de querer compartirle mi universo hasta que se extinguiera mi último soplo de vida. El amor cada día afloraba más en mi corazón y ella era mi pensamiento constante 24 horas al día.

El transcurso de nuestra historia prosiguió e inicio en el mes de junio,-y como siempre-, mi vida pulularía alrededor de este mes. Nací en Junio y cada vivencia que había marcado mi vida estaba ligada con este mes y para colmo -mi Pianista-, también cumplía años en junio, epifanía del destino. Esta tarde habíamos acordado encontrarnos en el salón de clases del Conservatorio de Música, donde ella también daba cátedra por las tardes.

Al llegar me encamine a su salón, de donde salió al divisarme por la pequeña ventana de la puerta de doble ala, que adosaba una plaqueta con su nombre y que daba acceso a un espacio grande que albergaba como único mobiliario dos pianos de cola marca Bösendorfer, con sus taburetes. Al vernos frente a frente, nos dimos un cálido abrazo que hubiera deseado fuera eterno y nos encaminamos hacia la oficina, desde donde ella Coordinaba a los demás Maestros Pianistas. Entre a su espacio personal, en el cual ya habíamos compartido en otras ocasiones algunas breves charlas dentro de su ajustado tiempo y volví a degustarme –como siempre-, posando mi vista sobre las paredes que estaban adosadas con artículos de prensa que exaltaban sus presentaciones magistrales como solista concertista y sus títulos académicos, de los cuales al leerlos, siempre me enorgullecía por sus logros personales, pero especialmente me llenaba de admiración y respeto el que exaltaba su "Licencia en Piano" obtenida en el extranjero.

Minuto 96,460

-Como esta Maestro-, al escuchar su voz, subí la vista, ahí estaba ella, enfundada en blue jeans, tacones negros y esa blusa a rayas horizontales blanco y negro, que perfilaban y destacaban su bien conformada figura de musa.

Me sonrió y vi el cielo en ese instante, sus labios carmín con esa pequeña bolita en el centro de su labio inferior que los hacía únicos y que aunados a los hoyuelos que se le conformaban a los costados de sus mejillas, se me clavaban en el alma y me invitaban a robarle un beso cada vez que la miraba sonreírme. Definitivamente me había enamorado de mi pianista.

Maestro exclamo ella, necesito veamos la planificación del Congreso de Música. -Si Maestra respondí-, me levante de mi escritorio y la invite a que lo discutiéramos en los jardines que circunvalaban el área de oficinas de la Universidad donde laborábamos y mientras caminábamos y planificábamos el evento agradecí al destino inexorable que nos hubiera reunido de esta manera, que era el pretexto perfecto para estar cerca de ella.

Minuto 100,633

"Junio", al fin había llegado el mes perfecto e imperfecto en mi vida y de paso la fecha del cumpleaños de mi adorada pianista, así que con antelación había decidido hacer todo lo necesario para celebrárselo y hacerlo inolvidable… 584.. Marque su móvil. –Aló- Su voz al otro lado de la línea tranquila, cálida y amigable me respondió. Después de un breve saludo y unos minutos de amena plática, le hice la invitación que anhelaba hacer realidad, la hice sin mayores detalles, pero con el corazón en la mano, esperando su respuesta. -Con gusto Maestro, exclamo ella del otro lado del auricular-, había aceptado.

Nos despedimos, colgué el teléfono digital de apariencia retro que tenía en casa, sentía que el mundo me daba vueltas a mil por hora de la felicidad y en ese instante comenzaba mi cuenta regresiva minuto a minuto en espera de la gran noche.

El día acordado fui puntual para pasar a recogerla a su casa y después de recorrer parte de la ciudad llegamos al lugar escogido para la celebración, todo estaba perfecto, el restaurante, la mesa en el punto especial, la luz tenue, la música de fondo y sobre todo ella, quien lucía radiante, bella como siempre. La cena transcurrió y se hizo eternamente placentera, platicamos de un mil temas, la fondue estaba deliciosa y el bouquet del vino perfecto y así entre sonrisas y miradas, esa noche se volvió inolvidable. El retorno, mientras conducía a su casa no lo sentí, solo recuerdo su tierna mirada y esa sonrisa que me cautivo desde la primera vez que la percibí en su rostro de forma redonda y expresión de niña picara-malcriada. Después de cuarenta y cinco minutos conduciendo llegamos a su casa de nuevo, dentro del automóvil nos acomodamos en los asientos, la noche era joven y no queríamos separarnos aun, platicamos por un par de horas más y en el momento preciso, como digna escena de Breakfast at *Tiffany's*, nos dimos ese primer beso –tímido, inolvidable- que me marco el alma y el corazón.

Minuto 148,812

Nuestra relación había comenzado, ya llevábamos varios meses de noviazgo y a raíz de ello para mí todo era hermoso, bien dicen que el amor te hace percibir el mundo de forma diferente, realmente todo lo ves bello y la vida se matiza en colores de felicidad. Con mi pianista habíamos acordado una cita para el final de la tarde de este día y ella con la puntualidad inglesa que la caracterizaba, llego precisa, vestida con esa blusa a rayas blanco y negro que me traía a la memoria su recuerdo constante, "se ve hermosa pensé", cerré los ojos, quise captar este momento y guardarlo en mi memoria para siempre, –Suspire-, estaba consciente, sabía que la amaba.

El café donde nos reunimos era el lugar idóneo para ambos, era un espacio pequeño, muy selecto, en el área bohemia del centro histórico de la ciudad. Las mesas distanciadas una de otra, con estilos eclécticos y de colores ocres. La decoración remembraba la filmografía de los años 40´s y 50´s y algunas fotos íntimas de artistas locales tomadas en ese lugar le daban un toque de glamur. Al entrar ella y yo, perfilamos nuestras miradas hacia el mismo punto, nuestra conexión ya nos permitía inconscientemente actuar de esa manera, ambos encaminamos nuestros pasos hacia una mesa en una esquina al fondo del café. Buscábamos estar lejos de la mirada del mundo, -los dos éramos figuras públicas- y queríamos privacidad para perdernos en nuestra intimidad y complicidad.

El amor que había nacido entre los dos, era un amor de artistas, era intenso, pasional, indomable, único, y el cual había roto las expectativas de los amigos de mi adorada pianista, ellos solo le daban dos meses de vida a nuestra relación, pero el amor que había nacido entre nosotros les había dado un revés, sería eterno.

La música de fondo suavemente endulzaba nuestros oídos con Diana Krall, y mientras la escuchábamos cual ángel cantando para nosotros, ambos miramos alrededor, no queríamos curiosos que interrumpieran nuestra cita, nuestro tiempo para estar en compañía uno del otro, era muy contado, ambos teníamos muchas actividades personales, así que compartir breves momentos juntos era ansiado y apreciado.

No sentamos en la mesa escogida y en pocos minutos un joven mesero de cabellera larga y apariencia bohemia nos atendió, vimos la carta y nos decidimos para comer después de explorarla con rapidez por empanadas de espinacas y refresco de frutas naturales de la estación, -realmente queríamos estar solos-.

Durante unos minutos estuvimos en silencio, únicamente hablando con nuestras manos enlazadas y viéndonos a los ojos, -suspire-, ahí estábamos frente a frente y podía ver esos ojos que eran mi pensamiento constante. Apreté su mano, ella sonrió, exclamo un "mi amor" y la interrumpí. Saque de entre mi bolsa del saco sport color negro que había escogido para la ocasión una carta y le dije, no hables solo déjame leerte.

MI AMOR

Cada nuevo día de mi vida, al anochecer y al amanecer, siempre está este pensamiento constante en mi vida: "Cuando y como fue que me enamore de ti". Entonces en el silencio de mi soledad repleta de tus constantes recuerdos, elucubró, un mil hipótesis y un millón de teorías dignas de la fértil imaginación de El Gabo, García Lorca o el mismísimo Julio Verne y al final mi única justificación frente a este mundo de interrogantes existencialistas es; que caí preso de tu amor.

Alucinante amor que me llena de pasión delirante, que me hace deambular por el mundo inmerso en el recuerdo constante de tu sonrisa y tu mirada hechizante, al grado de que quienes me miran, saben que perdí la cabeza por ti.

Sabes mi cielo, mi corazón antes de ti estuvo oxidado, inerte, perdido en historias, que solo eran el pretexto de Cupido para darme la experiencia que me permitiera brindarte lo mejor de mi vida al llegar tú a la mía, porque de que te busque a través del mundo, te busque, lo hice en cada esquina y cada cuadra que camine, lo hice con constancia año tras año, mes con mes, semana por semana, día a día, hora tras hora, minuto a minuto, lo hice durante toda mi vida.

Fue una búsqueda constante, en donde ese tiempo pudo haber durado toda la eternidad, pero el momento llego y aquí estas ya presente en mi vida, permitiéndome experimentar contigo lo mejor que ella nos brinda.

Te quiero ocurrente, inteligente y única, pero como te repito más que quererte te amo, más allá de este tiempo, eternamente por perfecta e imperfecta, Porque tú me enseñaste a ser mejor persona, a ser fiel y leal por convicción y a entender que para encontrar el amor, no sólo se usan los ojos, si no el alma y el corazón.

Te encontré por fin mi vida y ahora que te tengo a mi lado, estoy consciente de que ya no podría vivir sin ti, porque eres mi inspiración, mi musa, mi todo y sé que las cosas que hago contigo y comparto contigo, nunca me nacería hacerlas con nadie más.

Porque a tu lado, todo es a colores y en mi paleta de artista, los matices destellan prosas y versos en tu honor.

Ahora en mi deambular y diaria cotidianidad, busco alternativas que a diario me lleven a ti mi adorada pianista y concluyo con la principal interrogante de este pensamiento constante que me llevo a esta reflexión y simple conclusión:

"Contigo no me hace falta nada de este mundo o del universo, porque te tengo aquí dentro, muy dentro de mi corazón".

Jet'aime ishta linda

Al final de mi lectura, ella tomo mi mano, nuestras miradas hablaron por si solas y nos besamos, el beso fue largo, tierno, interminable, -suspire-, subí mi mano a la altura de su rostro, la extendí lentamente y de ella emergió un anillo de compromiso, sus ojos brillaron de emoción, lo coloque suavemente en su dedo anular y desde ese día, los minutos siguen corriendo eternamente como nuestro amor.

4

Apocalipsis

*H*agamos el amor mientras se acaba el mundo nos dijimos al unísono...

Tiempo en el cual con locura, pasión y lujuria rompíamos nuestras ropas como bestias en celo, sintiendo a nuestro alrededor la excitación del Apocalipsis final, al rítmico vaivén de nuestros cuerpos enlazados.

El estruendo del caos de la destrucción se acercaba a nosotros, hecatombe en la que yo me aferraba a ti disfrutando estrujar con fuerza tu cabello ensortijado mientras tú disfrutabas la devastación a nuestro alrededor gimiendo de placer.

Momento de éxtasis final en donde tú verdadero yo fluía transformándote en el súcubo alado que tanto ansié seducir y que en este instante postrero del género humano, veía como gozaba, riendo con maniáticas carcajadas infernales, cabalgando sobre mi pubis, asida a mi pecho.

Instantes de erótico placer en donde yo era tu macho, tu semental, que en el clímax de nuestra absolución final, lanzaba dentro de tus lujuriosas entrañas mi simiente volcánica y enérgica como magma ardiente, mientras tus labios candentes se disparaban en sincronía junto a mí, como un géiser de placer infinito, que en orgasmo acompasado, transportaba nuestras almas al averno.

Limbo infinito donde ambos permaneceríamos acogidos eternamente y yo trasmutado a Incubo, viviría felizmente sumergido hasta el final de los tiempos, entre tus hermosas piernas de Musa, que era lo único que quedaba de lo que una vez fue la humanidad.

Silencio total...

Para Cayetana de los Anjolus.

Seis cuentos rojos y uno final azul

ROJO BERMELLÓN

Aquí estoy, sumergido en el profundo océano de la pasión. Océano de pasiones, habitado por las más fantásticas criaturas que solo J.G. Ballard podría describir con precisión y aquí entre ellas, yo… inmerso en su profundo ruidoso silencio, que no me deja escuchar mis propios pensamientos, que no entienden, cómo llegué aquí.

Cuál era mi último recuerdo antes de aparecer en este lugar y verme reflejado totalmente en el espejo de este océano misterioso y ardiente. ¡Amnesia!, ¿amnesia a qué?, ¡No sé!; quizá a un pasado andrógino que ahora vivía en el déjà vu de instantes que con la fuerza del momento sentía que ya habían sido míos en este mar de pasión.

¡Sí!... Me dejó llevar por este pausado vaivén. Delicioso movimiento que despierta y desborda mi sexualidad, con la libertad que a mí alrededor se vive. Lo disfruto, lo gozo y en un instante estoy jineteando desnudo junto a... No sé su nombre. Sexo, deseo, lujuria, lujuria, más lujuria, terremoto, uno, dos, tres, explosiones volcánicas. Incansable pasión que me lleva por este torbellino mundano, más, más, más, quiero y deseo más.

Despierto, estoy sudoroso, endurecido en mi virilidad. Me despabilo, busco ubicar dónde estoy, deseo saber que es real y que no lo es. La televisión está encendida con el noticiero de la 6 de la mañana. Estoy en casa. Observo a mí alrededor, las sabanas rojo bermellón están en el suelo, aun viscosas y el libro que leía sigue abierto en la misma página, Santiago 1:13-15.

Amaneció, me debo levantar, es hora de ir a dar misa.

ROJO ESCARLATA

Negarle a mi instinto este placer, sería inconcebible. ¿Cómo dejar pasar esta oportunidad y hacer a un lado tan voluptuosa maravilla? Veo hacia otro lado. Intento engañar a mi mente siguiendo con la mirada las líneas paralelas de la colchoneta que esta frente a mis ojos, en la cual, cada mancha, como en un diario intimo, me permite leer entre renglones, historias de puta.

Pero hoy todo es distinto, yo soy el personaje principal, el hacedor de la historia, la estrella con su coestrella. Comienzan los aplausos, el Maestro de ceremonias salta a la cama. SEÑORAS Y SEÑORES bienvenidos a Hot Nigths. Hay un minuto de silencio, las luces de los reflectores nos siguen lentamente a ella y a mí. Siento sus miradas como una jauría salvaje ante a su presa.

Miradas quisquillosas, lujuriosas, deseosas. Abominables, variables. Miradas penetrantes que dicen más que mil palabras. El calor es asfixiante, comienzo a sudar copiosamente. Las luces hicieron su efecto y ante cada gota de sudor, escucho murmullos lujuriosos. Las miradas recorren mi cuerpo desnudo hasta llegar más abajo de mi ombligo.

Tan, tan… Música de fanfarria, los murmullos crecen, me veo en una televisión. ¡Maldito circuito cerrado! El camarógrafo hace un acercamiento de mi rostro, baja hasta mi pubis. La expectación del público crece y se desborda de emoción.

La energía de sus aplausos es desbordante, mi coestrella se aproxima eróticamente sigilosa y en ese instante, SORPRESA, yo ya no soy la estrella. El galán crece deshiníbidamente bajo mi ombligo ataviado con un moño color rojo escarlata.

El show debe continuar.

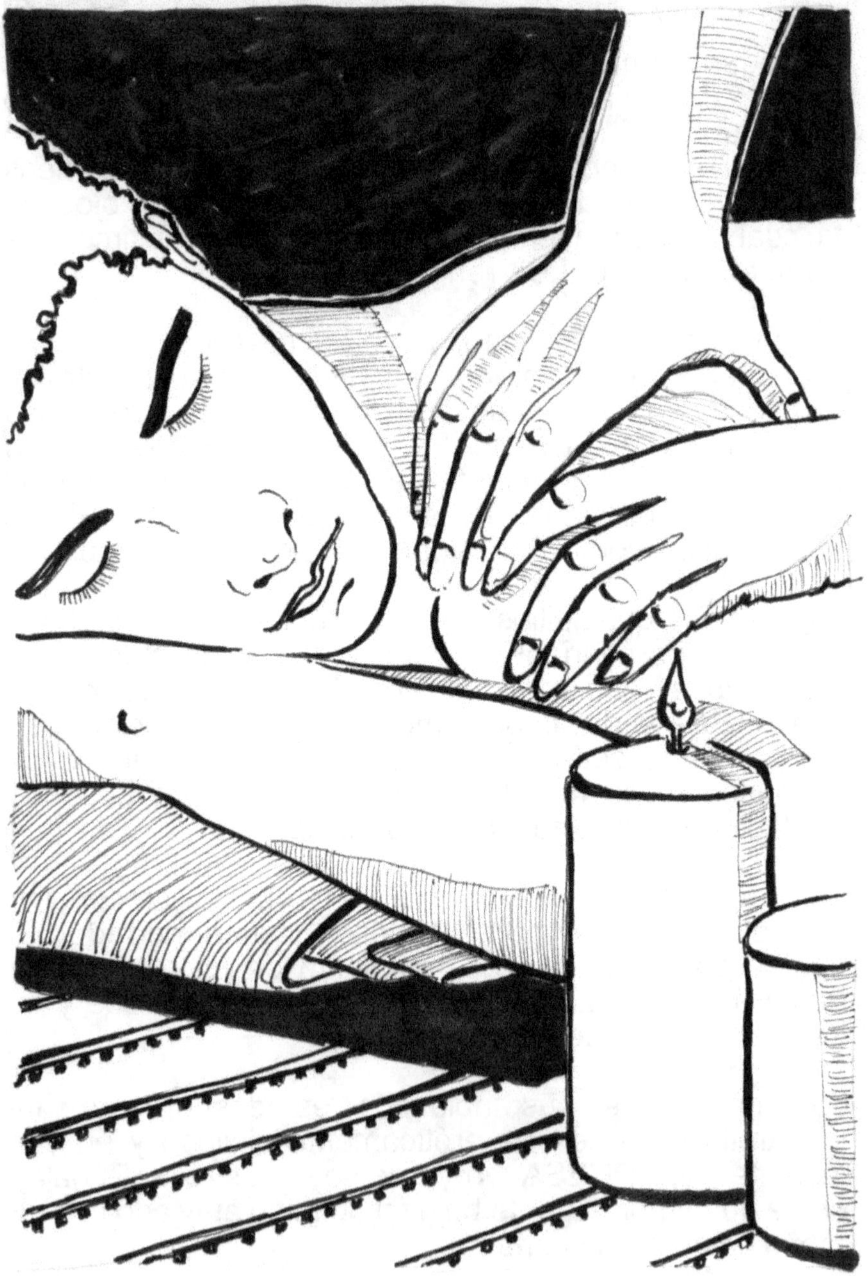

ROJO PASION

Sus manos se deslizan suavemente por mi espalda, suben y bajan, bajan y suben. Hay efervescencia en el ambiente. Me resisto a actuar.

Cierro los ojos, lo disfruto. Händel suena en el sistema de sonido. Abro los ojos, la TV esta sin audio y en la pantalla hay un video clip de Marilyn Manson. Conozco ese video, Beautiful People. ¡Me gusta!

Todo continúa a mí alrededor. El placer ha llegado a mi cintura, aunque sigo resistiéndome, quiero disfrutar más, más, más. ¡Oh Dios!, deseo que esto nunca termine. !Que manos!

Son las manos de un artista que tocan en mi espalda una sonata con perfecta maestría renacentista. Cierro los ojos, escucho esas manos actuar sobre la piel.

Disfruto cada movimiento. Cada sube y baja, que con su ritmo y métrica perfecta me hacen vibrar.

Llego el momento del clímax, lo siento, lo deseo, no me puedo resistir. Me giro intempestivo y abro los ojos buscando sus labios rojos pasión.

ROJO CARMIN

oetisa erótica, *p o e t i s a   e r ó t i c a.*
Tuve que deletrear y razonar lentamente las dos palabras, para luego seguirla con la mirada. La imaginaba diferente, más exótica, más erótica. Pero aunque era una mujer normal, sus feromonas hablaban por si solas en todo su lenguaje corporal, lo que la hacía más sensual. Sus ojos negros, como su cabello resaltaban sus labios que atraían todas las miradas. Eran hechizantes y se volvían el centro de atención de todos los que esa noche nos habíamos reunido, convocados, quizás, por el morbo y la curiosidad de conocer a una *p o e t i s a   e r ó t i c a.*

ATENCION señoras y señores. Para esta sociedad de poetas es un honor el presentar a..., el audio fallo, exhalando un quejido orgásmico que no me permitió escuchar su nombre.

Frustrado por no saber cómo se llamaba, busque su mirada. Esa mirada que día a día buscaba en cada ser con quien me topaba en mi deambular por el vaivén de la vida. Y al fin, después de una búsqueda obstinada, ahí estaba ella. Por causalidad de la vida y porque así es el destino. En mi caminar sin rumbo había llegado a este lugar. Nadie me había invitado. Nadie me conocía. Al entrar a ese anfiteatro me acomode en el primer asiento que encontré, al tiempo que las luces se apagaron.

Acomodado en mi asiento, puse mi mente en blanco, me concentre y me fui dejando hechizar por su mirada que matizaba y exudaba erotismo. La teleconferencia iniciaba y yo seguía embelesado ante cada palabra que la poetisa exclamaba con sensualidad a través de sus labios rojo carmín.

ROJO PUTA

Al entrar al antro una canción de Bob Marley, se escuchaba a través del juego de bocinas estereofónicas que animaban el lugar y arriba en el escenario bailando cadenciosamente, bajo un haz de luz, estaba ella, una verdadera diva.

Tenía hipnotizados a todos y yo no pude evitarlo, también me deje hipnotizar. Ella movía de izquierda a derecha con sensual maestría su bien formado culo. El deseo se palpaba en el aire.

Había una jauría salvaje de lobos alfa que alguna vez fueron seres humanos, siguiendo su tribal danza ritual de sexo y ella como hembra en brama, nos desbordaba de lujuria.

Después de verla danzar tres extasiantes melodías, lo primero que les lanzo a sus fieles animales en celo que seguían cada movimiento de su danza fue su sostén, acción con la cual, por fin todos deslumbrados, pudimos ver sus pechos al natural, sueltos, al aire, libres.

La euforia fue colectiva porque sus tetas eran tan perfectas, que yo las contemple idiotizado, las ansíe. Podía palpar con la mirada su dureza, su firmeza. Eran frescas. Como frutas suculentas que me invitaban al deseo y las quería para mí.

Mis hormonas comenzaron a actuar, comencé a transpirar a mares sumergido en la excitación del momento y en un instante me perdí contagiado por el colectivo y deje de ser yo, para dejarme llevar sin rumbo por la orgía de placer a que ella nos había incitado.

-Su pubis quedo al descubierto-. El silencio fue total durante unos segundos, para después escucharse un estruendo bullicio al unísono, porque había llegado el momento anhelado por todos, el punto máximo del éxtasis, cuando los labios húmedos de nuestra Diosa de la Lujuria se abrieron en primer plano, al frente de ese escenario para regocijo de sus fieles embebecidos adeptos y en donde ella eróticamente proseguía su show, contorsionándose en el suelo para dejar volar la imaginación del colectivo.

-La explosión orgásmica fue hecatómbica, fue deliciosa, fue incómoda-. Bajé la mirada y pude observar una mancha húmeda que se asomaba expandiéndose alrededor de la braqueta del pantalón y cuando nuevamente levante la mirada para verla, ella ya no estaba ahí, solo había quedado como recuerdo, en medio del escenario, su bikini color rojo puta.

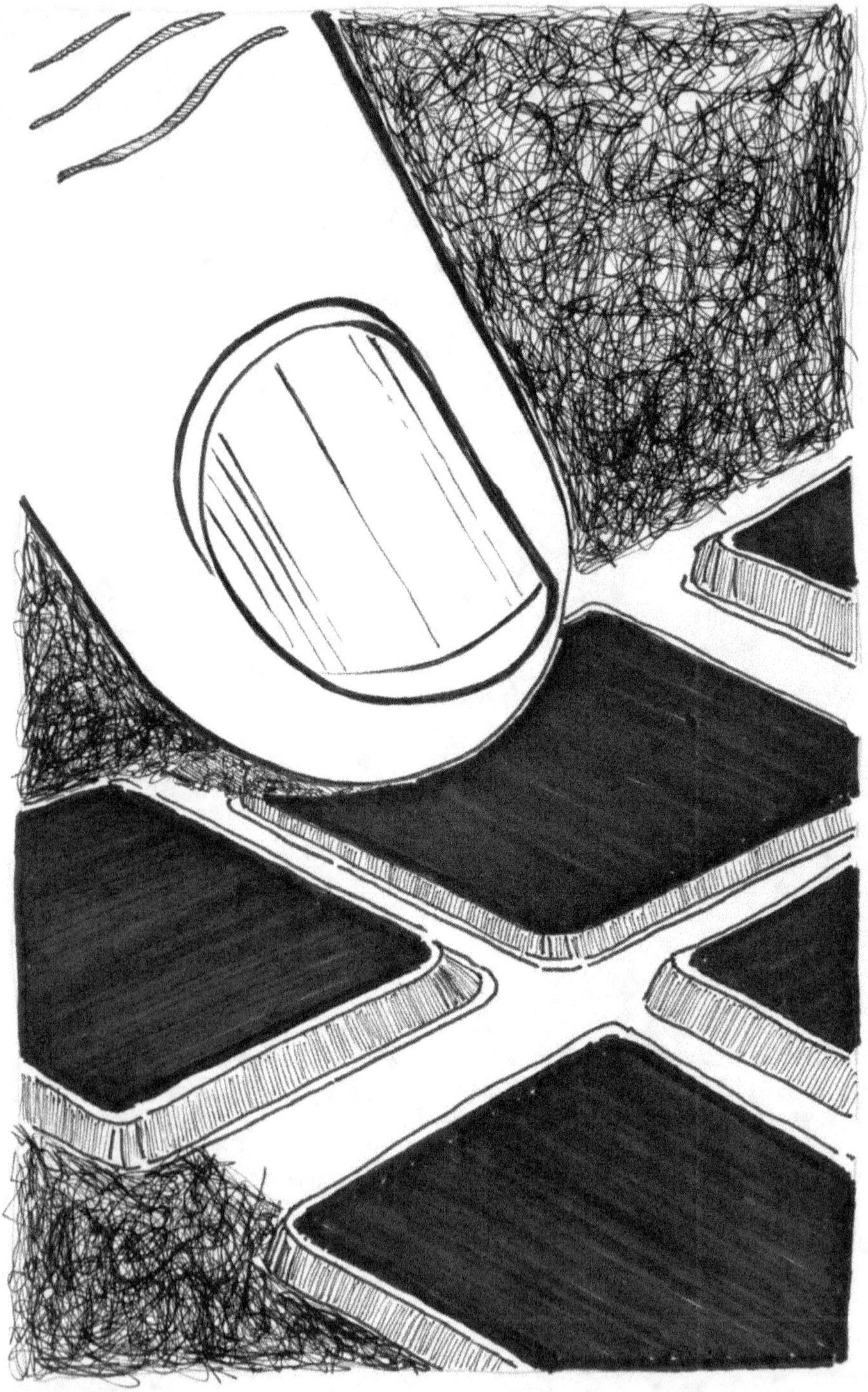

RED

$\mathcal{A}$l fin, pese al duro tráfico y después de un día normal de trabajo, había llegado puntual a la reunión como todos los demás. A simple vista pude reconocer que no había faltado nadie. Hoy era esa noche especial en donde todos juntos nos iniciaríamos en el delicioso juego del placer, incitados por nuestro Gurú. Arpegio, él ha tomado la palabra. Ni un solo movimiento se observa. Todo está estático. Nadie hace nada. Solo escucho mi respiración y los latidos de mi corazón. Rápido, más rápido, en un instante estoy en el cielo o en el infierno, realmente no sé, no me interesa, me viene igual, después de todo soy agnóstico. Sorgine, Sado, Linda, Preciosa, Divo, Adonis... A simple vista puedo ver que somos más de veinte y como siempre todos guardamos nuestra identidad. Lo que hace que el morbo crezca más por el misterio y haga todo más apetecible.

Esta noche aquí todos nos conocemos y sabemos nuestras más profundas intimidades, aunque ninguno sabe quiénes somos realmente, hoy nos dejaremos llevar por el placer y por la pasión. Sacaremos a la luz nuestras más escondidas fantasías. Todos deseábamos y ansiábamos vivir esta vorágine de erotismo, de lujuria y placer. Dialéctica del sexo con la cual deseamos poder sacar las deliciosas sensaciones que el Dios del sexo nos lego en las carnes. Ahora estamos al fin aquí reunidos todos, prestos a la orgía. Veo como se comienzan a organizar, ya se están formando las parejas, los tríos. Ya no existe el género y todos se desinhiben. Ellos – ellos, ellas – ellas, ellos – ellas, los intercambios, todos contra todos. Mi corazón late apresuradamente, y de pronto suena mi teléfono celular, olvide ponerlo en modo de avión.

Maldigo al que me saco de mi momento mágico, escribo en el teclado de la computadora, espérame RED. Le doy enter. Salgo del chat de ZOOM y vuelvo a la realidad.

A lo gran Puchica
USAC
Que #Chilero Va Vos
82 12920

AZUL

Seguir a través de la ventana el recorrido del bus hacia el trabajo es una rutina. Es ver casi lo mismo, cuadra a cuadra, día a día. Sin razonamiento. En automático y la música en su interior siempre igual. Es como un clon del piloto. Una mierda.

El trayecto sigue e Increíblemente el chofer cambia de estación. Hoy debe de ser mi día de suerte. El conductor recorre el dial de derecha a izquierda. Se detiene en una estación de radio, no le parece y sigue de izquierda a derecha. No se decide por nada. ¡Bingo!, dejo una melodía, With or whithout you de los irlandeses de U2. Parece que hay algo que pese a todo nos une con este aborto de la naturaleza, así que debo de aprovechar este momento mágico. Tarareo la letra. Me dejo llevar por la canción y en lo mejor de la melodía, en su coro romántico melancólico, la aberración de humano mutante cambia intempestivamente de radioemisora. Era muy obvio, el necesita regresar a sus orígenes tribales.

Sigo mi recorrido y bloqueo mi mente para no escuchar su música ritual nativa que exhala del estereofónico. El bus sigue su camino. Se detiene, alguien baja, nuevamente se detiene, alguien sube y el chofer arranca para seguir el recorrido. Veo mi reloj y ya llevamos diez minutos de atraso, lo que podría decirse que es lo normal, así que en teoría vamos bien. La gente sigue subiendo y bajando y yo como siempre, contando cuantos suben o bajan para que algo me distraiga de esta aburrida cotidianidad.

La valla recién colocada de un nuevo político, buscando como ave de rapiña llegar a la gallina de los huevos de oro me hace voltear a ver y perder la concentración del conteo de pasajeros.

Volteo la cabeza nuevamente, dirigiendo la mirada a la puerta de acceso al bus para seguir con mi toc e intempestivamente sube alguien. Creo que estoy viendo una aparición. Cierro los ojos y los abro para ver si no estoy alucinando, pero si, es real. Ella está ahí, después de varios días de ausencia.

Veo entre los asientos, hago un análisis rápido. Asiento lleno, lleno, lleno, asiento vacío al lado derecho y el asiento a mi lado vacío. Un niño sube detrás de ella y se le adelanta. Asiento lleno. Ahora solo hay una opción, el asiento vacío a la par mía. Realmente hoy es mi día de suerte. Ella sigue, caminado hasta llegar a mi lugar en donde se detiene y se sienta. Discretamente observo su belleza. Estoy nervioso. Comienzo a jugar con el diario que llevo entre mis manos. ¿Cómo iniciar una plática que he buscado por siempre y que lleva en ella implícita mi vida?. Como decirle "siempre te espere". Pero hoy es el día, el momento crucial de mi vida, en el que debo tomar la decisión y arriesgar todo para jugarme el destino. Mientras observo sus bellos ojos que se abren, inquisidores e hipnotizantes, en los cuales me reflejo y que me hacen desear que alguien me pellizcara, para saber si no es un sueño.

-¡Hola!, me creerías que podría adivinar tu nombre. -Ella sonríe-. En serio, podría hacerlo y también saber que te gusta comer. Cuál es tu color favorito. Que música te gusta escuchar y cuál es la película con la que lloras. Pero por favor no digas nada, no preguntes como lo sé, solo déjame hablar. Sabes que desde siempre quise decírtelo y nunca tuve el valor para hacerlo, pero hoy que al fin puedo, déjame decirte que... Ringgggg, sonó el timbre que solicitaba que se detuviera el bus. Ella llegó a su destino. Se levanta del asiento, me sonríe tiernamente. Yo le correspondo. Estrujo el diario. Mi timidez hablo imaginariamente con ella de nuevo. Ahora debo de esperar otra oportunidad igual. Mientras tanto, ansió que llegue el día de mañana para ver de nuevo a mi ángel Azul.

6

Un cuento raro

 pasar el umbral de la puerta parecía que el tiempo se había quedado detenido en esa habitación. El olor a incienso en el altar dedicado a San Antonio de Padua, para pedir milagros, encontrar el amor o perdón de culpas propias como ajenas, evitando así el purgatorio, estaba impregnado en el ambiente que olía a antaño. El hollín del humo de las incalculables candelas que con el transcurso de los años se habían consumido minuto a minuto, día tras día en esa hábitat, habían formado sobre la pared una capa misteriosa que culminaba en el techo, formando un círculo perfecto que asemejaba a simple vista un hoyo negro, que bien podría ser la entrada a dimensiones desconocidas. La única luz que alumbraba y daba claridad en ese habitáculo, entraba como un rayo de luna apacible a través de una pequeña ventana que se encontraba a un costado del altar que reflectaba en los pequeños jarrones de vidrio su destello, los cuales resguardaban con recelo las margaritas y aves del paraíso, flores que nunca faltaban como señal de adoración para el Santo Patrono que regía en ese pequeño recinto. El mobiliario austero estaba compuesto por un pequeño catre que engalanaban un par de ponchos momostecos, una mesa de pino con dos sillas y un armario de caoba. Herencia familiar que aunque ya tenía más de un centenar de años aún se conservaba en perfectas condiciones. Buenos días tía, fueron mis primeras palabras al descubrirla sentada bajo la luz difusa que alumbraba su pequeña mesa y que me permitían ver su rostro pensativo delineado por el surco de los años, que como marco que brindan las experiencias de la vida, resaltaban sus ojos que pese a su edad aún destilaban, ternura y sabiduría ancestral. José buenos días. Contame que te trae por aquí mijo, respondió ella, mientras planchaba con sus manos su delantal estampado de cuadros verdes para sentirse presentable para la ocasión, ante la visita imprevista, que esa mañana la acompañaba. Invitado fortuito de los pocos que reciben los ancianos, los cuales como mobiliario, son dejados olvidados con el paso del tiempo en las esquinas de las casas, en donde una vez ellos fueron quienes las sostuvieron con su esfuerzo diario, olvidando así los nuevos regidores, sus sabios conocimientos que solo brindan el tiempo y las experiencias en la vida. Pues salí en mi bicicleta a hacer algunos mandados y aprovechando que estaba cerca vine a verla y a pedirle un favor, le respondí, mientras le daba tiernamente un fuerte abrazo, el cuál con la incertidumbre de la vida, no sabía si tendría la oportunidad de darle nuevamente otro el día de mañana. Bueno mijo, dígame en que puedo servirle, acentuó ella. Sabe tía, respondí. Últimamente no me ha ido muy bien en todo, hasta pareciera que me tuviera enfrascado mi ex mujer. Algunos vecinos me han dicho que la han visto ir con su comadre a ver al Brujo de Boca del Monte y así como es ella, que no se qué odios se trae conmigo, que ni a los patojos me quiere dejar ver, no sería raro que esté haciendo uso de la magia negra para fregarme la vida. Atenta a mi catarsis y con la sabiduría que dan los años de tanto escuchar historias similares, me inquirió con su voz suave y apacible. Entonces que querres mijo, a lo que respondí. Tía dígame que me depara el destino. Ante esa respuesta hubo un silencio total en el aposento y los ojos de mi tía se posaron en mi rostro para posteriormente exclamar, bueno mijo, veamos que hay para ti. Sentate mientras voy a la cocina a traer lo que necesito exclamó y mientras yo me sentaba, ella comenzó a caminar con paso lento hasta que salió del cuarto. La fe mueve montañas y por lo mismo me encontraba esa mañana ahí, inmerso en ese pequeño espacio que era el lar de la pitonisa del destino, adivina, en quien yo estaba depositando todas mis esperanzas de un futuro mejor. Al regresar mi tía, traía consigo un vaso de cristal, un recipiente con agua y un huevo. Los deposito sobre la mesita de pino que estaba ataviada con un mantel hecho con la misma tela estampada a cuadros verdes del delantal que ella vestía y mientras se sentaba en la silla frente a mi, me dijo...

Bueno mijo, vamos a ver que te tiene preparado el futuro, así que primero lo primero. Vamos a rezarle tres padres nuestros a San Antonio para que nos guíe con bien. Mi tía con santa devoción con los ojos cerrados comenzó a orar con fe murmurando la oración y mientras yo la seguía, mis pensamientos estaban inmersos en querer saber que me diría ella, que podría escudriñarle a la fortuna. La incertidumbre me consumía. La letanía llego a su final y me dijo, toma el jarro mijo, vertí agua en el vaso hasta un poco más de la mitad y espera. Al escuchar sus indicaciones las ejecute ipso facto. Entre tanto al hacerlo observaba en la pulcritud del vaso de vidrio y la cristalinidad del agua, que al ir llenándose, con lentitud, poco a poco, se atiborraba de burbujas mientras el agua iba reposando. Ves todas esas burbujas en el vaso mijo expreso mi sabía tía. Es toda la energía negativa de las malas vibras que te traes encima. De plano te tiene enfrascado la fulana con la que vivías, así que ahora veamos que tenés deparado. Mientras me hacía ese comentario mi tía tomo el huevo que se encontraba sobre la mesita y con la maestría de ejecutar durante su vida entera la misma acción, de un solo golpe rompió el cascarón por la mitad, echando su viscoso contenido, sinónimo de vida, dentro del vaso de agua, en donde lentamente el huevo fue hundiéndose, como una transparente medusa navegando sobre un océano de sapiencia. Mi tía dejo pacientemente que el agua y su contenido reposará. Los minutos comenzaron a pasar y yo estático frente al vaso solo ansiaba algo en ese momento de mi vida. Saber que me diría la pitonisa del destino. Por fin ella comenzó a moverse, como en cámara lenta se fue acercando al vaso, al cual miro de arriba abajo, escudriñando cada rincón de su esférica forma. La ansiedad me mataba mientras la miraba concentrada en su trabajo. El sonido de un grillo que se encontraba escondido en algún rincón de la pieza, acompañaba el sonido de nuestras respiraciones que hacían eco con el silencio imperante, el cual se quebró cuando mi tía me dijo, viéndome con una seriedad

poco usual en ella. Ves esas dos líneas cruzadas en medio de la yema mijo. Lo que le afirme con un movimiento de cabeza. Esas dos líneas, volvió a repetir mientras hacía una grotesca expresión con su rostro y exhalaba un quejido, que al escucharlo y verla, me hizo con temor, echarme para atrás, pensando que estaba en ese instante siendo poseída por algún demonio o algún ente de ultratumba.

El infarto fue fulminante, mi adorada tía, la, pitonisa de la buena ventura, había muerto instantáneamente, sin decirme que había visto en mi futuro. Los paramédicos y la policía, llegaron rápidamente y después de hacer los trámites de rigor, se llevaron su pequeño y frágil cuerpo rumbo a la morgue. Tiempo durante el cual le avise a mis primos del trágico y triste acontecimiento.

Después de la vorágine vivida esa mañana, salí de la, casa donde vivía mi tía. Tome mi bicicleta y encamine mi rumbo al cuarto que rentaba desde que estaba separado de mi ex mujer. Pedaleaba abstraído totalmente del mundo, por un instante todo dejo de existir alrededor mío, mi concentración total estaba absorta en el rostro resquebrajado de mi tía y la duda que me quemaba por querer saber que vio, que leyó, que...

El impacto del vehículo fue frontal. En su embelesamiento total a bordo de la bicicleta José se cruzo el semáforo en rojo y la ambulancia que trasladaba a toda velocidad un paciente hacia la emergencia del hospital general lo embistió y mientras volaba por los aires debido al Impacto, lo último que vio antes de fallecer fue la cruz pintada sobre la ambulancia, mientras recordaba las últimas palabras de su tía, *"ves esas dos líneas cruzadas en medio de la yema mijo"*.

Para mí Tía Letty

El Beso

*"Si por besarte tuviera que ir después al infierno,
lo haría. Así después podré presumir a los demonios
de haber estado en el paraíso sin nunca entrar."*

- William Shakespeare

Al verla a través de la verja, lo primero que me atrajo como imán, mientras se acercaba, fueron los hechizantes ojos azules que destacaban en su rostro, los cuales esa tarde de enero se acentuaban más con la luz vespertina, que como complemento, remarcaban el color blanco de su tersa piel y su dorada cabellera que caía mas abajo de sus hombros, la cual destellaba con los rayos de luz que la iluminaban.

Al abrir la verja de metal del portón del edificio de apartamentos de donde residía, una ráfaga de viento entro desde la calle levantando su áureo cabello. Soplo de viento que hizo que ella bajara sutilmente la cabeza tratando de esquivarlo, al tanto que su mano se deslizo hasta su cadera, para guardar el teléfono celular en el bolsillo posterior del ajustado jeans celeste que portaba y el cual denotaba sus perfectas caderas, como contorneadas piernas largas que la hacían ver más alta de sus 6 pies de altura. Una camisa de leñador a cuadros rojos complementaban su vestimenta, superfluos ropajes que ella no necesitaba, porque su belleza era la única vestidura que requería su cuerpo de Diosa.

Como siempre y sorteando cualquier inconveniente yo había logrado llegar puntual a nuestra cita. Encuentros en los que para vernos, ambos inventábamos mil excusas. Ya que después de llevar un tiempo conociéndonos. Haber compartido en cafés y restaurantes veladas sin tiempo, en donde la música romántica en las noches de karaokes, eran el complemento que condimentaba la química perfecta que mantenía atraídas nuestras miradas. Química que esa tarde, comenzaba a dar pauta a la noche, que con su magia cautivadora, había confabulado con Cupido y el destino, para que los dos estuviéramos ahí reunidos.

- ¡Hola, como estas! le dije. Mientras le daba un fuerte abrazo acompañado de un beso en la mejilla.
- ¡Bien!, emocionada por vernos de nuevo. -Respondió ella, a tiempo que correspondía mi abrazo, acompañándolo con otro beso, el cual complemento con un, -Pero porfa, no te quedes ahí, entra!, mientras abría en su máxima extensión la puerta para que yo ingresara al edificio de apartamentos donde residía. Durante el recorrido hacia el Loft donde ella vivía, pude sentir el delicioso dulce aroma del perfume que ella constantemente portaba y que a la distancia, siempre hacia denotar su presencia.

En ese trayecto platicamos desde el clima fresco que nos deleitaba esa tarde que comenzaba a invadirnos con el color del crepúsculo, así como de la última película que juntos habíamos visto en streaming en su laptop, sentados en una banca dentro del campus de la Universidad en donde ella estudiaba Publicidad y yo Arquitectura. Al llegar a su apartamento, ella abrió la puerta y al pasar el umbral volví a sentir la misma sensación de paz y armonía que trasmitía la personalidad de Joan. La cual se reflejaba y transmutaba, tanto en su mobiliario, como en el color de las paredes del recinto que habitaba, los cuales en conjunto reflejaban su esencia de artista. Joan era una cantante que complementaba su vocación de solista con la pintura que era su segunda pasión. Afición que aprendió a cultivar desde niña en su natal México, influenciada por las obras del pintor muralista Rufino tamayo, las cuales ella admiraba ver en los museos y revistas de arte. Confidencia que me había comentado, en una de nuestras largas tertulias.

-Daysi, como va tu día-. Le pregunte, llamándola cariñosamente como se apellidaba, mientras me acomodaba en el sófa y ella me mostraba la lengua con una graciosa, coqueta e irreverente mueca que la caracterizaba y me respondía, -todo como siempre bien.

El tiempo fue hilando los minutos uno tras otro, la tertulia fluía amenamente. Comimos, nos reímos de nuestras historias compartidas y escuchando música, poco a poco la seductora noche nos envolvió.

Cuando ambos nos dimos cuenta de ello ya había caído el ocaso. Fue un transcurrir del tiempo del cual nos percatamos al unísono, al voltear a ver por la ventana, de piso a cielo de la sala que daba al balcón y que como rendija entre dos mundos, había ya colado la luz de la luna, que mágicamente se reflejo en las fascinantes pupilas de los bellos ojos de Joan, los cuales en ese instante me hipnotizaron y yo ya no pude apartar mi mirada de ella, embelesado por sus ojos que parecían refulgentes diamantes azules.

El destino siempre es misterioso, se mantiene planeando y confabulando junto a Cupido como crear momentos perfectos para perpetuarse en la memoria y eso ocurría en ese momento. La música suave que llenaba cada rincón de la habitación, se unía a la confabulación celestial, espacio atemporal en donde en ese instante irrepetible, lo único que hablaba eran nuestras miradas, que escribían para la perpetuidad este imborrable tris en el libro de nuestras vidas.

El tiempo pasaba imperceptible y ni Joan, ni yo, nos dimos cuenta cuando dejamos de escuchar la música y cualquier otro sonido. El ruido del silencio del latir de nuestros corazones era lo único que escuchamos, mientras recorríamos con nuestras miradas nuestros rostros, que sin fin de veces ya habíamos estudiado y conocíamos de palmo a palmo. Rostros que siempre ambos intuimos que finalizarían en el mismo lugar. - Nuestros labios-

-Sabes, que ya se, a que deben saber, tus besos y tu lengua, musite impávido y con timidez. - ¿A qué? musito, Joan. - A deseo interminable, respondí. Mientras nos fuimos acercando uno al otro y yo fui cerrando los ojos, para recorrer con mi memoria su rostro de Musa, de sofisticada Diva que durante muchas lunas dibuje y desdibuje ansiando el instante, en donde al fin Cupido me permitiría la oportunidad de poder tocar el cielo y sentirme en el paraíso, al momento que degustara la miel de sus anhelados labios.

Los segundos se hicieron eternos en ese sublime momento que transpiraban las ansias por sentir el calor de nuestras bocas, que sabíamos que al unirse a través de un beso, conectarían nuestras almas y corazones.

El tiempo se pauso, se congelo en contubernio con nuestras memorias para que quedara inmortalizado el instante. Y como si el destino nos grabara en cámara lenta, ambos nos fuimos acercando uno al otro suavemente, como si la cámara furtiva del destino filmara para la posteridad nuestro presente. La ansiedad de sentir nuestros labios nos torturaba. Se percibía en el ambiente. Así que cuando finalmente nuestros labios se alcanzaron, pude sentir su suave y exquisita textura. Nuestro primer beso había iniciado. Nuestros labios calzaron a la perfección. Nuestras lenguas se enredaron íntimamente y danzaron entretejidas al vaivén del sabor de nuestras salivas, que se mezclaron con la exactitud de las pócimas para hechizar el corazón y el alma que preparan con perfecta maestría las Hadas y Silfos.

Nuestros labios se empezaban a conocer pero nuestras bocas que se ansiaban y que eran las puertas de nuestros corazones, parecían conocerse desde siempre y continuaban enfrascadas en un diálogo sublime y silencioso. Entre el navegar de nuestros labios por el océano del éxtasis, abrí los ojos para verla y recordarla en ese punto exacto del tiempo para así guardarlo eternamente en mi memoria y lo que vi frente a mi, fue el rostro de un ángel. El mismo ángel que siempre estaba en su mirada y que me conectaba con su alma.

Ambos disfrutábamos esta locura que nos saciaba beso a beso, cara a cara y por un momento no supe si era un sueño o una realidad, porque me fui perdiendo en sus labios que me llenaron de ella. Labios que apagaban la sed de mi alma con sus besos extaciantes y hacían que como elixir de vida, se vitalizara mi espíritu que antes de ella estuvo inerte, porque antes de besar sus labios estaba muerto en vida y esa noche con sus besos, resucite.

Besos cómplices de sus labios de seda que me subieron y bajaron de las estrellas de un solo golpe. Besos que me hicieron tocar el cielo y el infierno. Joan me beso como nadie en este mundo me había besado nunca, me beso con dulzura, con pasión y locura, con amor y ternura.

El tiempo se prolongo eterno y yo anhele que la noche y estos momentos durarán un poco más, que se hicieran eternos. Mientras suspiraba entrelazado a su boca, extasiado de poder estar viviendo un sueño hecho realidad y disfrutando la maestría que tenía ella para besar, porque Joan era una virtuosa, que me había dado el privilegio como simple mortal, de saber que era besar a una Diosa. Al terminar de besarnos, desconectados del tiempo y conectados con el universo, coloque mi dedo en su boca y le dije. No hables, solo déjame mirarte para llevar este momento y tu mirada grabada perpetuamente en mi alma, porque besarte fue como tocar el cielo que jamás pensé tocar, mientras la abrazaba fuertemente, porque esa noche no quería separarme de Joan, ya que sentía que al hacerlo dejaría un pedazo de mi alma junto a ella.

No sé en qué momento me despedí después de 100 mil intentos y como si caminara sobre nubes fuera de este mundo, perdido en otra dimensión, nunca me enteré en que momento arrive a mi habitación, en la residencia de estudiantes donde vivía, solo para tirarme en la cama y quedarme profundamente dormido soñando con sus besos que hechizaron mi alma. Al día siguiente desperté aún con la imagen de su rostro de musa y sus ojos clavados en mis recuerdos constantes. Alcance mi teléfono que se encontraba sobre la mesa de noche para escribirle y al abrirlo encontré en el un mensaje de Joan. Se despedía de mí. Esa madrugada había viajado a Nueva York a buscar realizar su sueños de artista.

El tiempo pasó y ella al transcurrir de los años triunfo. Paradójicamente su éxito musical en las radioemisoras se llamaba "El Beso", melodía con la que supe al escucharla, que el déstino aún nos tenía predestinados, algún día reencontrar nuestros labios.

Tabula rasa

El pincel danzaba sobre el papel acuarela. Cada color que se integraba al pliego matizaba con sutileza la perfecta sinfonía de armonía, que color tras color, transparentaba gamas de magentas, azules y morados que conformaban una deliciosa combinación para el ojo de cualquier alma sensible.

Sobre la mesa, que durante años había sido participe del nacimiento de cientos de obras de arte, se encontraba aún el viejo portaminas que en su juventud le había obsequiado su padre, que con la sabiduría que da el amor a los hijos, le dio, intuyendo que esa sería la pasión que lo acompañaría toda la vida.

Los frascos de pintura y los recipientes con agua estaban ubicados estratégica y ordenadamente sobre la tabula, para permitir con soltura, hacer cada movimiento en el momento de la creación sublime. Virtuosidad que solo los Maestros adquieren con el paso de los años.

Los ojos del artista, que seguían cada paso de la obra que surgía de sus manos, se detuvieron por un instante, cerro los ojos y sonrió. Ahí estaban. Siempre junto a él. Sus mejores obras de arte, con pinceles y papel jugando a ser pintores. Se lo degusto. Cada uno de esos momentos los guardaba en lo más recóndito de su alma y corazón. Como sabiendo que el tiempo inexorable solo le daría esa única oportunidad para vivir verlos jugar así.

Las sonrisas de sus tres amados hijos era lo único que rompía su silencio interior. Era una tierna melodía que salía de lo más profundo de su alma. Una lágrima corrió por su mejilla hasta caer sobre el papel para convertirse en parte de la creación. "Después de todo cada obra de todo artista es un reflejo de su alma", pensó, mientras limpiaba su rostro con su mano.

Sus ojos regresaron a seguir la danza que su musa mantenía sobre el papel, asida de su diestra mano, entre tanto él, escribía poesía de colores, manteniendo así, vivo el recuerdo de sus tres amados hijos en cada obra que pintaba.

La ley de la vida es intrínseca y mientras ellos con el transcurrir de la vida ya recorrían sus propios caminos, para él, su tierno recuerdo, era lo que lo inspiraba. Esa noche, como siempre, dentro del silencio que embargaba su estudio, otra lágrima de amor rodo desde su rostro taciturno. Cayó sobre el color rojo, pigmento universal que representa el amor. Fue una simple casualidad o su corazón le hablaba en la intimidad, se pregunto así mismo, mientras lentamente el color rojo, fue expandiéndose hasta mezclarse con el azul y con los dulces recuerdos de sus tres mejores obras en la vida, sus hijos.

Para Ale, Cami y Ro.

Mynor Haroldo Escobar Espinoza, nació en Guatemala, el país de la Eterna Primavera y la tierra del Quetzal. Conocido en Centro América artísticamente como **Mynor Escobar**. Es Arquitecto de profesión y Licenciado en Artes Visuales especializado en pintura, graduado de la Tricentenaria Universidad de San Carlos de Guatemala. Fue profesor en la Facultad de Arquitectura así como de las Escuelas de Diseño Gráfico y Artes Visuales de su alma máter. En los años 2008 y 2016 fue nombrado por el Ministerio de Cultura y Deportes de Guatemala Embajador por la Vida y por la Paz. Fue Director y fundador de la radio revista cultural "La Galería", primer programa con temática especializada en el arte contemporáneo guatemalteco, que del año 2010 al año 2012, realizo entrevistas a los maestros pintores de la plástica contemporánea guatemalteca, dejando documentado un archivo con un centenar de entrevistas en la radio emisora de la Universidad de San Carlos de Guatemala. En el año 2007 fue nombrado "Artista Revelación" por la Organización Artista del Año, así como "Joven valor de la Plástica Guatemalteca" por el Ministerio de Cultura y Deportes en el año 1994. Acuarelista por excelencia, es conocido en el ámbito artístico por sus series pictóricas denominadas TUKUR (tecolote en Quiché, idioma Maya de Guatemala, país multilingüe que tiene un total de 25 idiomas, 22 mayas, el xinca, el garífuna y el español nombrado como idioma oficial). **El TUKUR** es el personaje principal en su obra pictórica de línea figurativa, cargada de sincretismo cultural. Mynor escribe cuentos cortos, así como poesía, la cual inserta en su pintura. Es autor de los libros:"**Blue Eyes**" poemario, así como "**Historias de un Tukur**". En 2020 fue protagonista del documental "**Descubriendo al Tukur**".

Todos los derechos reservados
Copy Rights
2020

www.ingramcontent.com/pod-product-compliance
Lightning Source LLC
Chambersburg PA
CBHW050553160726
48003CB00002B/873